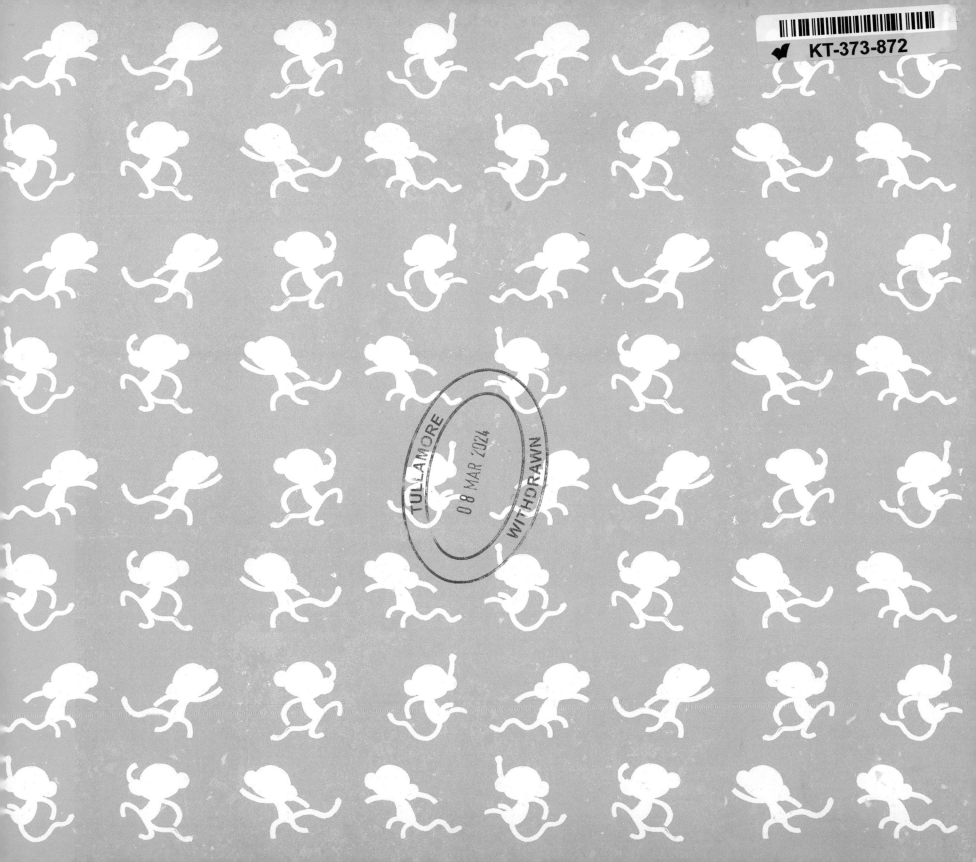

Do mo mhuintir, Una agus Christo, le grá – Bridget

Do mo thuismitheoirí, Sheila agus Jeff – Steve

Foisithe den chéad uair ag
Futa Fata,
An Spidéal,
Co. na Gaillimhe,
Éire

An chéad chló © 2010 Futa Fata

An téacs © 2010 Bridget Bhreathnach

Maisiú © 2010 Steve Simpson

Tá Futa Fata buíoch d'Fhoras na Gaeilge faoin tacaíocht airgid.

Faigheann Futa Fata tacaíocht ón gComhairle Ealaíon dá chlár foilsitheoireachta do pháistí.

Foras na Gaeilge

the arts council
schomhairle ealaíon

ISBN: 978-1-906907-19-8

Lúlú
agus an
Oíche Ghlórach

scríofa ag
Bridget Bhreathnach

maisithe ag
Steve Simpson

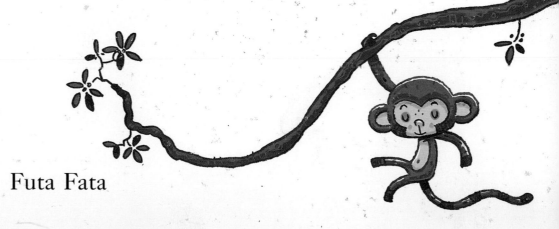

Futa Fata

Bhí Lúlú an moncaí beag sona sásta ar a crann
mór ard, i lár na foraoise. Bhí a Mamaí agus a
Daidí ann, chomh maith le go leor deartháireacha
agus deirfiúracha. Ar bharr an chrainn, bhí cónaí ar
chara mór le Lúlú – b'shin í Jeaicí an t-ulchabhán.

Ba bhreá le Lúlú an lá ar fad a chaitheamh ag spraoi sna géaga.

Ag léim.

Ag luascadh.

Ag rith.

Agus ag damhsa.

Ach scéal eile a bhí ann san oíche.
Thiteadh na moncaithe ar fad ina
gcodladh, ceann i ndiaidh a chéile.

Is é sin le rá, gach moncaí ach amháin Lúlú.

Ní raibh Lúlú in ann codladh. **"RARR RARR!"** a chuala sí.
Ansin **"TRÚMP TRÚMP!"** Ansin **"GRÁG GRÁG!"**
Agus ansin, **"HÚÚÚ HÚÚÚ!"**

In airde ar an gcrann, bhí Jeaicí Ulchabhán ag faire ar Lúlú.

Anuas léi le labhairt lena cara. "Céard atá ort a stóirín?" a deir sí.

"An torann ar fad!" a deir Lúlú. "Cuireann sé faitíos orm!"

"Cén fáth nach dtagann tú liomsa ar thuras beag?" arsa Jeaicí,

"go bhfeicfimid céard atá ann?"

Suas ar dhroim Jeaicí le Lúlú.
D'imigh siad leo, ag eitilt tríd an aer.

Ní raibh siad imithe i bhfad nuair a chuala Lúlú glór a chuir faitíos uirthi.
"RARR RARR!" a chuala sí. **"RARR RARR!"**

"An gcloiseann tú an glór mór, ard sin?" arsa Lúlú.
"Ó, a Jeaicí – ní maith liom é seo. Tá mé ag
    iarraidh imeacht abhaile!"

Rarr!
Rarr!

Rarr!
Rarr!

"Ach féach a Lúlú" arsa Jeaicí. "Níl ann ach Daidí Leon ag spraoi lena mhaicín beag, sula gcuireann sé a chodladh é." **"RARR RARR!"** a deir an leon beag agus é ag gáire go sásta lena Dhaidí. **"RARR RARR!"** "Breathnaigh a Jeaicí!" a deir Lúlú. "Nach acu atá an spraoi!"

Ba ghearr gur tháinig siad chuig abhainn mhór ar imeall na foraoise. Thíos fúthu, chuala Lúlú glór a chur faitíos uirthi.

"TRÚMP TRÚMP!"
a chuala sí.
"TRÚMP TRÚMP!"

Trúmp!
Trúmp!

Trúmp!
Trúmp!

"An gcloiseann tú an glór mór, ard sin?" arsa Lúlú. "Ó, a Jeaicí –
ní maith liom é seo. Tá mé ag iarraidh imeacht abhaile!"

"Ach féach a Lúlú" arsa Jeaicí. "Níl ann ach Mamaí
Eilifint ag ní a babaí, sula gcuireann sí a chodladh í".
"TRÚMP TRÚMP!" a deir
an babaí eilifint agus í ag gáire go sásta.
"TRÚMP TRÚMP!" "Breathnaigh a
Jeaicí!" a deir Lúlú. "Nach acu atá an spraoi!"

"Seo linn" arsa Jeaicí. "Seo linn go bhfeicfimid!"
Suas leo arís sa spéir, ag eitilt os cionn na habhann.

Lean Jeaicí agus Lúlú an abhainn go dtí go bhfaca siad loch álainn, leathan thíos fúthu. Go tobann, chuala Lúlú glór eile a chuir faitíos uirthi. **"GRÁG GRÁG!"** a chuala sí. **"GRÁG GRÁG!"**

"An gcloiseann tú an glór mór, aisteach sin?" arsa Lúlú.

"Ó, a Jeaicí – ní maith liom é seo. Tá mé ag iarraidh imeacht abhaile!"

"Ach féach a Lúlú" arsa Jeaicí. "Níl ann ach Daidí agus Mamaí Frog ag canadh lena mbabaí beag, sula gcuireann siad a chodladh é." **"GRÁG GRÁG!!"** a deir an babaí frog agus é ag canadh go sásta lena mhamaí agus a dhaidí. **"GRÁG GRÁG!!"** "Breathnaigh a Jeaicí!" a deir Lúlú. "Nach acu atá an spraoi!"

"Seo linn anois" arsa Jeaicí. "Tá sé in am go raibh moncaí beag ina codladh!"
Suas leo arís sa spéir, ag eitilt os cionn an locha.

Ar ais leo go ciúin, faoi sholas bán na gealaí. Ar chrann mór Lúlú, bhí Mamaí, Daidí agus na moncaithe beaga eile ar fad fós ina gcodladh. Ansin, go tobann, chuala Lúlú glór thuas sa spéir, glór mór, fada. **"HÚÚÚ HÚÚÚÚ!"** a chuala sí. **"HÚÚÚ HÚÚÚÚ!"**

Húúúú
Húúúú!

"An gcloiseann tú an glór
mór, fada sin?" arsa Lúlú.
"Ó, a Jeaicí. Ní maith liom é!"
"Ní maith leat an glór sin?"
arsa Jeaicí.

"Ach a Lúlú - sin í mo Mhamaí! Tagann sí anseo gach oíche ar cuairt chugam!"
"Do mhamaí!" a deir Lúlú agus í ag gáire. **"HÚÚÚ HÚÚÚ!"** arsa Jeaicí
agus í ag imeacht suas san aer. **"HÚÚÚ HÚÚÚÚ!"**

"Go raibh míle maith agat a Jeaicí!" arsa Lúlú.
Ansin, luigh an moncaí beag síos lena súile
a dhúnadh. Bhí sí sona sásta.

Thart ar chrann mór na moncaithe,
bhí glórtha fós le cloisteáil san fhoraois.

"RARR RARR!"
a bhí ag na leoin.

"TRÚMP TRÚMP!"
a bhí ag na heilifintí.

"GRÁG GRÁG!!"
a bhí ag na froganna.

Agus **"HÚÚÚ HÚÚÚ!"**
a bhí ag na hulchabháin.

Ach níor chuala Lúlú iad. Bhí sí ina codladh go sámh.

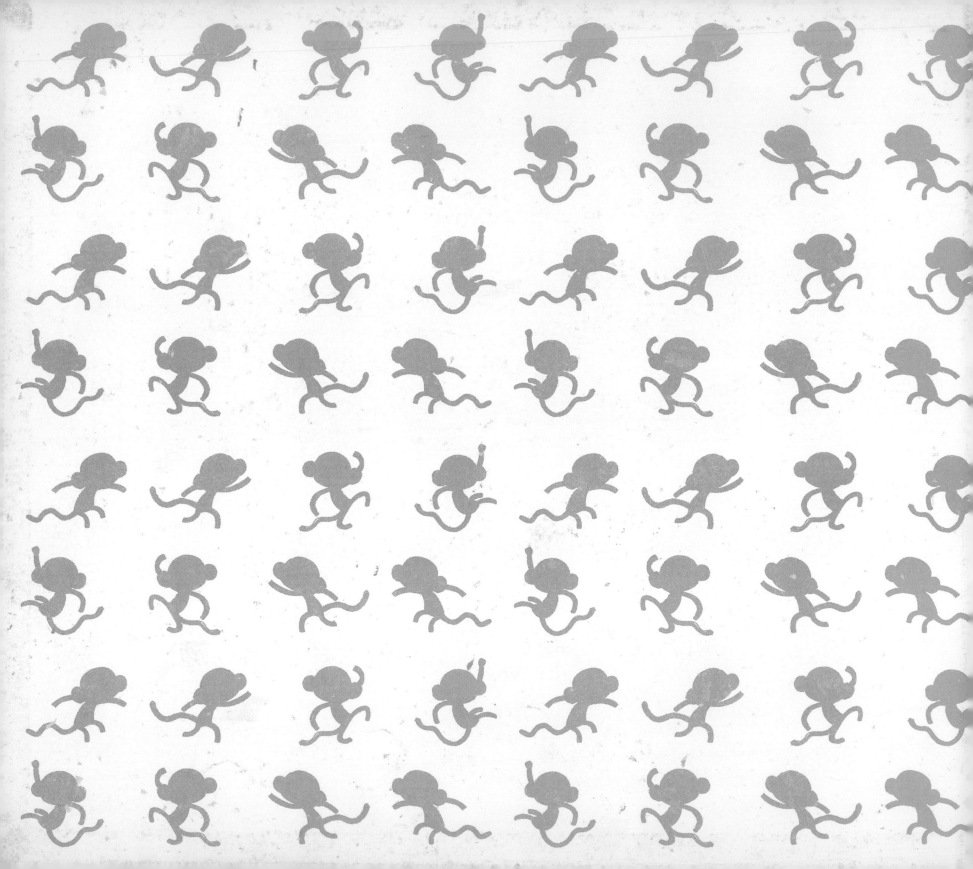